la main froide

François Tardif

Nick
la main froide

ÉPISODE 1
LES LARMES DU SORCIER

Illustrations de Michelle Dubé

Les éditions
du petit monde

Les éditions du petit monde
2695, place des Grives
Ste-Rose, Laval
Québec H7L 3W4
450-622-7306
www.leseditionsdupetitmonde.com
www.nicklamainfroide.com
Francois.Tardif@leseditionsdupetitmonde.com

Correction et révision linguistique : Carole Leroy

Conception graphique : Olivier Lasser

Illustrations : Michelle Dubé

Dépôt légal,
Bibliothèque nationale du Québec, 2007

**Catalogage avant publication de Bibliothèque et Archives
nationales du Québec et Bibliothèque et Archives Canada**

Tardif, François, 1958-

   Les larmes du sorcier

   (Nick la main froide)
   "Épisode 1"
   Pour les jeunes.

   ISBN 978-2-923136-01-1

   I. Dubé, Michelle, 1983- . II. Titre. III. Collection : Tardif,
François, 1958- . Nick la main froide.

PS8589.A836L37   2007   jC843'.6
C2007-940877-X
PS9589.A836L37 2007

FRANÇOIS TARDIF est né le 17 août 1958 à Saint-Méthode au Québec.

Il a étudié en théâtre, en cinéma et en scénarisation. Auteur de la série télévisée *Une faim de loup* diffusée sur *Canal famille* et sur *Canal J* en Europe, il en interprète aussi le rôle principal, *Simon le loup*. Il est aussi l'auteur de nombreuses pièces de théâtre pour enfants dont : *La gourde magique, À l'ombre de l'ours, Vie de quartier, La grande fête du cirque, Dernière symphonie sur l'île blanche, L'aigle et le chevalier* et *Les contes de la pleine lune*.

Maintenant il plonge dans l'univers de *Nick la main froide* et en prépare déjà l'écriture de ses prochaines aventures dont *Les espions, Le secret de Vladana, La coupe de cristal, Le dôme de San Cristobal* et d'autres histoires à venir qui mèneront Nick et toute sa bande aux quatre coins de la planète.

* * *

MICHELLE DUBÉ est née le 5 Septembre 1983 à Baie-Comeau au Québec.

Elle crée avec Joany Dubé-Leblanc la revue *Yume Dream* dans laquelle elle publie ses bandes dessinées. Elle travaille aussi comme dessinatrice avec Stéphanie Laflamme Tremblay sur une nouvelle BD.

Elle adore le dessin et l'écriture. Cela lui permet de s'évader et d'avoir une bonne excuse pour avoir l'air dans la lune. Dans ses passe-temps, en plus d'adorer la compagnie des animaux, elle dévore les romans en grande quantité. Nouvelle collaboratrice aux éditions du petit monde, elle se lance dans l'illustration des personnages des nombreux épisodes à venir de la collection *Nick la main froide*. Bienvenue dans l'aventure.

CHAPITRE 1

La main froide !

— Oui oui, touche… touche ma main.

Nick présente sa main droite à Martin avec insistance.

— Ma main droite, touche-la, tu vas voir, elle est bizarre.

Martin, le nouveau voisin de Nick, ne désire que récupérer son ballon de football (on dit soccer en Amérique) tout neuf qu'il vient de projeter vers son tout nouveau et superbe but. Le ballon a percuté le poteau droit avec tant de force que le filet a basculé dans la haie de cèdres, laissant le ballon poursuivre sa trajectoire jusqu'à chez Nick.

— Mais touche, tu vas voir… continue Nick. J'ai comme une main morte.

Martin n'ose pas parler, ni toucher cette main tendue. Il flaire un coup monté.

— Ce gars-là fait sûrement du karaté, pense-t-il, ou du judo comme mon cousin. Si je touche sa main, il va sans doute me faire culbuter sur le gazon et me casser les os, se répète-t-il, toujours silencieux.

Martin croit que Nick cherche à s'approprier son merveilleux ballon, un ballon réglementaire de la FIFA (Fédération Internationale de Football Association), qu'il s'est procuré à prix d'or, avec ses économies.

— You hou! Je te parle, reprend Nick. Tu es le nouveau voisin? Je m'appelle Nick! Touche… touche, tu as peur ou quoi?

Martin, fixant toujours le sol, ne desserre pas les mâchoires. Discrètement, il pointe du doigt son ballon qui s'est arrêté devant la petite cabane au fond de la cour. Nick prend cela pour une invitation et lui serre la main.

Martin a alors l'impression de plonger sa main dans l'eau d'une rivière glacée. Son corps entier se met à trembler. Il lève les yeux pour supplier son tourmenteur de ne pas le transformer en iceberg.

Curieusement, les yeux de Nick le réchauffent et calment son tremblement. Son sourire commence même à le mettre un peu moins mal à l'aise.

— Ça va? demande Nick.

Martin ne répond toujours pas.

— Tu peux lâcher ma main, continue Nick. Sinon tu risques de mourir d'hypothermie! Même moi, la nuit, je dors avec un gant pour ne pas trop refroidir mes draps. Oui oui je t'assure!

Martin a le goût de s'enfuir et d'aller convaincre sa mère de remettre toutes les boîtes dans le camion de déménagement. Il a bien accepté cet autre changement, le troisième en moins d'un an, et il aime bien cette petite maison sur deux étages, située tout juste derrière l'école, mais ce voisin semble vraiment trop étrange pour lui.

Il recule donc de deux pas, feinte à droite puis part comme une flèche en direction de son ballon. Quand il le rejoint, il commence à « dribbler » du pied gauche vers le droit puis vers la gauche à nouveau tout en fixant son adversaire dans les yeux comme Monsieur Houda, son entraîneur, le lui a souvent montré.

Nick s'approche doucement, tout souriant.

— Toi, tu t'appelles comment ?

Martin se concentre, essaye de comprendre les intentions de ce joueur malin qui ne cherche sans doute qu'à lui subtiliser son cher ballon.

— Tu es muet ou quoi ? Ou sourd ? Tu sais que tu es la première personne à qui je parle de ma main ! Je ne sais pas pourquoi mais quand je t'ai vu je me suis dit : « c'est à lui que je le dis » !

Nick, en parlant, avance toujours vers Martin. Quand Nick se retrouve à moins d'un mètre de lui, Martin ramène le ballon du pied gauche vers le dessus de son pied droit et le fait voler par-dessus la tête de son voisin. En un éclair, tout en continuant à le fixer, Martin bouge son corps vers la droite, contourne Nick, récupère le ballon d'un coup de tête habile et le projette de l'autre côté de la haie, dans la cour de sa nouvelle maison.

— Ah ! Bravo !

Leïla, la mère de Martin, a tout vu.

— C'est la première fois que je te vois faire ça, tu t'améliores vraiment ! Bravo Martin, tu devrais faire ça dans une partie ! Tu t'es fait un ami ? Comment s'appelle-t-il ?

— Je m'appelle Nick, bonjour madame.

Nick lui tend la main.

— Non !

Martin veut empêcher sa mère de toucher cette main, mais, trop tard, Leïla l'a déjà saisie entre ses dix petits doigts fragiles.

— Je suis contente de savoir qu'il y a un sportif à côté de chez nous. Martin adore jouer au football.

— Ah ! répond Nick, je ne joue pas vraiment à ce sport, je... je... Martin m'apprend !

— Maman.

Martin rejoint sa mère. Il lui touche les mains.

— Ça va ? Tu n'as pas froid ?

— Froid ? Il fait trente-cinq degrés, on est au mois d'août ! Tes mains sont toutes froides, tu es malade ? Viens manger, et arrête de jouer un peu ! Tu t'épuises ! Ton ami veut peut-être une collation ! Invite-le !

— Mais maman, ta main !

— Ma main ? dit Leïla, intriguée !

— Martin, il y a des secrets qui ne se partagent pas, lui glisse Nick à l'oreille.

— Quoi? Des secrets? Déjà des secrets? Hé hé hé!

Leïla est heureuse de voir son fils se faire un ami.

— Que voulez-vous? continue Leïla. Des pommes, des carrés de *rice crispies*? Oh je sais, des muffins! Venez... ensuite, vous m'aiderez à sortir les boîtes vides.

Leïla se dirige vers la maison, Nick la suit. Puis, il se retourne vers Martin qui ne bouge toujours pas.

— Et puis Martin? Es-tu d'accord? lui demande Nick.

— Oui!

Martin se sent déjà attiré par ce drôle de garçon. Et, surtout, il a hâte d'en savoir plus sur cette main secrète.

CHAPITRE 2

Crème glacée en feu

Le soir venu, Nick l'entraîne dans le grenier de sa grande cabane. Elle s'appuie sur la très haute palissade qui sépare les maisons du quartier de l'immense cour arrière d'un vieux garage désaffecté. L'école, elle, est juste à côté de ce garage.

Entrant dans le repaire secret de Nick, Martin est impressionné ; son nouvel ami y a installé un divan, une chaise et une petite table !

— On dirait un appartement ! s'écrie Martin.

Il regarde tout autour de lui puis il fixe à nouveau cette main droite énigmatique.

— Elle semble pourtant tout à fait normale, elle n'a pas l'apparence d'une main artificielle et les doigts bougent comme ceux de sa main gauche, remarque-t-il intérieurement.

Pendant que Nick lui montre sa radio, Martin ne peut se retenir d'effleurer discrètement la main fatidique de Nick. Aussitôt, il ressent le même froid et le même tremblement que dans l'après-midi !

— Nick... euh...

— Écoute Martin, écoute... quand je me branche sur ce canal-là, je peux entendre les conversations des policiers !

— Ah ! Oui ?

— Écoute.

Du poste de radio jaillit un grésillement duquel Martin ne peut distinguer un seul mot.

— Ksh... shpshicrishs... shdfeu... srie... srishshrish... san, peut-on entendre.

— Qu'est-ce que ça dit ?

Nick, lui, habitué à décoder ce charabia, y décèle une parcelle de conversation.

— À l'épicerie, dit Nick.

— À l'épicerie ? Quoi à l'épicerie ? Tu as entendu le mot épicerie toi ?

Martin n'a rien entendu de tel.

— Chut... au coin de Saint-Moritz et de L'Auvergne... viens Martin, on y va, c'est juste à côté.

Nick n'écoute pas les questions de Martin, mais se précipite plutôt vers l'échelle qu'il descend à toute vitesse.

— Vite Martin... vite si on veut arriver à temps !

— Où ça ? Arriver où ? Et la radio, tu ne la fermes pas ?

Martin colle son oreille sur la radio et cherche à comprendre quelques mots.

— C'est quoi ? La police ? Il y a un accident ? Un feu ? À l'épicerie ? C'est ça ?

Martin, inquiet, n'arrête pas de parler, jusqu'à ce qu'il rejoigne Nick sur le trottoir devant leurs maisons.

— Martin, l'interrompt Nick déjà essoufflé de sa course, tu es en forme non ?

— En super forme, répond Martin, radieux.

— Le premier rendu à l'épicerie Marsan gagne un cornet de crème glacée molle trempée dans le chocolat, d'accord ?

— D'accord, répond Martin du tac au tac, lui qui aime tant les défis sportifs.

— Tu sais où est l'épicerie ?

— Oui, c'est au coin de... de..., au coin là-bas ! un... deux... trois, on y va !

Martin, qui se rappelle l'inertie de Nick devant son ballon, se sent supérieur à son nouvel ami. Il va gagner c'est certain.

La course amicale s'amorce comme prévue par Martin, il prend aisément les devants, ne courant même qu'aux trois-quarts de ses possibilités athlétiques.

Il se rend vite compte qu'il n'a pas beaucoup d'efforts à déployer pour gagner ce cornet. Il se retourne et découvre que son avance sur Nick est déjà d'au moins quatre mètres.

— Vas-y Nick, crie-t-il, force-toi un peu, tu abandonnes ou quoi ?

— Jamais, répond Nick déjà à bout de souffle. En plus du cornet, je te parie une limonade, une grande, d'accord ?

— D'accord, ricane Martin, sûr de la supériorité de sa forme physique.

C'est sa mère qui serait fière de le voir courir comme un vrai jaguar.

— Bye Martin ! À tout à l'heure ! crie Nick, quittant tout à coup le trottoir pour s'infiltrer dans un curieux passage entre deux maisons.

Martin s'arrête net. Il s'est fait avoir. A-t-il le temps de rattraper Nick et d'emprunter lui aussi ce probable raccourci ? Peut-être s'y perdra-t-il ! Il décide donc d'accélérer et de ne compter que sur son pur talent pour gagner devant ce voisin rusé.

En moins de dix secondes, il est au bout de la rue Chamonix. Il tourne à droite sur le boulevard de L'Auvergne et aperçoit à moins de cent mètres, au coin de la rue Saint-Moritz, les flammes qui s'échappent du toit de l'épicerie Marsan.

Son coeur bat à tout rompre en voyant cette catastrophe aussi fascinante que dramatique.

Derrière lui, Martin entend le son des sirènes de police qui s'intensifie. Au bout du boulevard, à plus de trois cents mètres, il voit déboucher deux camions de pompiers, roue dans la roue, suivis de deux auto-patrouilles hurlantes. Quelques curieux sortent déjà de leur maison et se précipitent vers l'épicerie Marsan en flammes. Martin, rapide comme l'éclair, les dépasse aisément. Il veut à tout prix arriver le premier.

Plus que vingt mètres et il devancera non seulement Nick mais aussi les pompiers, les passants et les auto-patrouilles dont les pneus crissent en tournant les rues Chamonix et de L'Auvergne.

Son coeur pompe le sang à une vitesse folle et, comme toujours, ses jambes fournissent l'effort demandé. Malgré le drame qui se joue à moins de dix mètres, Martin ressent une grande joie en sentant son corps si agile et si rapide.

Cinq mètres encore et Martin passera avant tout le monde la petite ruelle qui sépare la maison bleue du brasier qu'est devenue l'épicerie. Les camions de pompiers hurlent, les visages des témoins à leur fenêtre sont lourds, les flammes détruisent tout, mais Martin, fier d'avoir gagné son pari, s'arrête net pour assister à une scène d'horreur.

On dirait un cauchemar ; tout se passe au ralenti ! Et Martin, soudain très triste et impressionné, est aux premières loges pour tout voir.

Ce qui le stupéfie : Nick sort de la porte principale de l'épicerie Marsan en soutenant le corps d'une vieille femme malgré les flammes qui la dévorent. Le premier camion de pompiers arrive au même moment. Deux pompiers se précipitent auprès de la vieille dame pour éteindre rapidement le feu avec de grosses couvertures. Elle semble sauvée ! Martin rejoint Nick qui sourit. Sur sa main droite, on peut apercevoir de petites flammes résiduelles qui ne semblent pas l'affecter du tout. Imitant les pompiers, Martin enlève son chandail et entoure la main de Nick pour achever d'éteindre le feu. Son chandail devient rapidement tout glacé.

Un autre pompier les entraîne alors loin des flammes.

— Vite, allez plus loin !

En voyant le pompier arriver, Nick se cache le visage avec le chandail fumant de Martin. Un autre pompier vient les rejoindre.

— Dépêche-toi, dit le pompier à son collègue, il y a encore des gens dans l'épicerie.

— Je ne crois pas, répond Nick en se cachant toujours le visage, en tout cas je n'en ai pas vu, tout le monde est à l'arrière dans le stationnement.

— Va vite de l'autre coté de la rue mon gars, ordonne le pompier à Nick, l'ambulance va te soigner le bras, tu n'as pas trop mal ? Ton visage est brûlé ?

— Ça va… éteignez ça ! Vite… il y a des tas de litres de crème glacée qui brûlent là-dedans, dit Nick en faisant un clin d'oeil à Martin, tout en se cachant toujours le visage !

Ceux-ci rejoignent leurs collègues et, pendant deux heures, ils combattent avec détermination ce feu destructeur qui fait fondre le métal, les bureaux, les vitres et la crème glacée !

— Viens, dit Nick au bout d'un moment.

Martin et Nick marchent en silence ; ils sont encore totalement bouleversés par cette catastrophe. Heureusement, il ne semble pas y avoir de victimes. Nick, lisant dans les pensées de Martin, le prend par l'épaule et lui dit, rassurant :

— C'est fini Martin, c'est seulement du matériel qui a brûlé... la mort n'est pas passée aujourd'hui. Elle est peut-être en vacances quelque part, loin d'ici j'espère ! Viens, je vais te montrer la crèmerie la plus proche de chez nous !

— Oui, mais Nick tu as triché, rouspète Martin.

— Mais oui... pour ça je vais prendre un petit cornet de crème glacée et une limonade de grandeur moyenne, d'accord ?

— D'accord !

En dégustant son cornet, Martin observe du coin de l'oeil la suie noire qui recouvre encore de petites parties de la main droite de Nick ! Prétextant essuyer une goutte de crème glacée qui glisse sur cette main étrange, il lui touche la peau avec son petit doigt. Aussitôt Martin se remet à trembler. Nick se retourne puis le fixe droit dans les yeux.

— Martin, tu es mon ami je pense ! Il y en a qui me touchent la main et qui ressentent un petit tremblement, de temps en temps. D'autres qui ne ressentent absolument rien d'anormal ou de différent comme mon père, ma mère ou ta mère. Alors que ça t'arrive tout le temps.

— Incroyable, dit Martin, bouleversé.

Cette nuit-là, au milieu des boîtes à moitié déballées, Martin n'arrive pas à dormir. Les idées les plus folles lui traversent l'esprit. Ce Nick, est-ce un extra-terrestre ? Un fou ? Un mutant ? Un clone ? Un malade ? Superman ? Il n'arrive à s'endormir que vers 4 heures du matin quand il se décide enfin à accepter pour au moins une autre journée, l'amitié de Nick. Après il verrait !

CHAPITRE 3

Nick le mystérieux

Le lendemain matin dès 7 heures, Martin se précipite chez Nick avant même d'avoir déjeuné. À la radio et dans le journal du matin, on ne parle que de l'incendie et de la vieille dame qu'un mystérieux jeune homme a sauvée. Curieusement, personne n'a pu identifier le héros et il n'y a pas de photo. Les pompiers qui lui ont parlé ne se souviennent pas de son visage. Dans les médias, on lance même un appel à tous pour le retrouver.

« De nos jours, peut-on lire dans le journal, alors qu'il y a tant d'exemples de délinquance, alors que les jeunes ont la réputation de ne penser qu'à leur propre personne, ou à leur dernière acquisition matérielle, il est rafraîchissant, voire étonnant, d'assister à un tel acte d'abnégation. Alors que la gloire de son geste valeureux pourrait le propulser à la une de tous les quotidiens, alors que la célébrité l'attend à bras ouverts sur les écrans de télévision, un jeune homme préfère garder l'anonymat.

Il sauva, peut-on encore lire un peu plus loin, au péril de sa vie, une vieille dame au visage déjà noirci d'un séjour entre les griffes lugubres de la mort. Ensuite, ce héros s'assura de son bien-être, la remit entre les mains des sauveteurs puis s'éloigna discrètement de cette scène d'horreur.

Super-héros ou simple humain? Peut-être ne le saurons-nous jamais? Mais nous lançons quand même ici un appel : si vous l'avez vu, si vous pouvez le reconnaître, si c'est votre voisin, n'hésitez pas à nous donner ses coordonnées... nous ne lui voulons pas de mal... seulement l'embrasser et le remercier d'avoir sauvé cette bonne vieille grand-maman ! »

En se dirigeant à toute vitesse chez Nick, tout en lisant le journal, Martin n'en revient tout simplement pas de la gloire qui frappe son nouvel ami. Au moment où il s'apprête à sonner, la porte d'entrée s'ouvre sur le père de Nick qui sort le bac à recyclage.

— Oh ! Bonjour, monsieur... !

Martin se rend compte qu'il ne sait même pas le nom de famille de Nick !

— Bonjour !

— Est-ce que Nick est là ?

— Nick ? Non il vient tout juste de partir... Tu ne l'as pas vu ?

— Non !

— Ça fait à peine une minute qu'il est sorti ! C'est toi Martin ?

— Oui !

— Nick m'a demandé de te donner ce petit mot... tiens...

— Donnez-moi le bac monsieur... je vais l'apporter au coin ! dit Martin en prenant le contenant à recyclage des bras du père de Nick.

Ce faisant, Martin réussit à toucher aux deux mains de l'homme pour voir s'il ressent la même chose au contact du père... mais tout semble normal.

— Ah ! Merci Martin !

— Vous avez vu ?

Martin lui montre le journal et se demande s'il va lui dire que son fils sera bientôt célèbre.

— Tout un feu hein ? Ça ne serait pas toi le jeune qui... tu as l'air d'un brave gars !

— Non ce n'est pas moi, c'est...

— C'est... ?

— C'est... c'est sûrement quelqu'un de très brave et, qui veut garder son secret pour lui !

Martin pense qu'il est préférable que Nick annonce lui-même son exploit.

— Bonne journée… et merci pour ton aide !

En déposant le bac à l'entrée de la cour, Martin laisse tomber par inadvertance l'enveloppe de Nick au milieu des autres papiers qui s'y trouvent déjà. Il la récupère et ses yeux s'arrêtent par hasard sur une feuille toute froissée. Il peut y lire : *Confidentiel : liste des enfants de la classe 302.* Curieux, il fouille un peu plus et trouve une feuille marquée de plusieurs coups de ciseaux. Plus il tient la feuille, plus cette impression de froid qu'il a senti en serrant la main de Nick, le pénètre.

— Il y a quelque chose de mystérieux là-dedans, se dit-il.

Il met rapidement la feuille dans sa poche en frissonnant un peu, puis s'éloigne des yeux indiscrets que pourraient cacher les rideaux des maisons environnantes.

Un peu plus loin, il ouvre impatiemment le petit mot de Nick au contact duquel sa main tremble aussi. Le petit mot dit : *Si tu as le temps avant l'école, viens me rejoindre au 146 rue de Tourville.*

Rapidement, il engloutit une tartine au beurre d'arachides, déchiffre la carte de la ville, trouve la rue et se précipite à l'adresse indiquée. Arrivé sur les lieux, Martin sonne à plusieurs reprises et n'obtient aucune réponse. Il fait alors le tour de la maison ; toujours rien.

Il regarde par les fenêtres et ne découvre aucun signe de vie dans cette petite maison de bois, Martin s'apprête à repartir lorsqu'en repassant devant la maison, il constate que la porte avant est maintenant grande ouverte, poussée, semble-t-il, par une petite fumée blanche qui en sort.

Hésitant un peu, il se décide finalement à entrer.

— Nick ? Nick ! Tu es là ? C'est Martin... tu es là ?

Soudain, un léger bruit d'explosion se fait entendre. Une fumée épaisse et rougeâtre, cette fois, se glisse sous une porte et s'infiltre dans le salon puis dans le vestibule où Martin reste complètement figé !

— Nick ? Ça va ?

Se rappelant le courage de son nouvel ami, il ouvre alors la porte, plonge dans la fumée qui s'épaissit, descend à tâtons les escaliers puis trébuche sur le corps inanimé de Nick !

Pris de panique, Martin a tout de même la présence d'esprit d'ouvrir les fenêtres du sous-sol et de transporter le corps de Nick jusqu'au rez-de-chaussée, puis dehors, sur la galerie. La fumée se disperse lentement. Il ne semble pas y avoir de feu.

Au bout d'une trentaine de secondes interminables, Nick se réveille enfin, les yeux rougis, mais le sourire aux lèvres en voyant son ami Martin. Il lui a probablement sauvé la vie !

Sur le chemin de l'école, Martin n'arrête pas de poser des questions à Nick qui, entre trois ou quatre formidables quintes de toux, promet de répondre à ses questions le soir même ! Quand Martin lui parle de la liste de noms de la classe 302 retrouvée dans le bac, Nick rougit, et lui jure qu'il lui expliquera tout si, et seulement si, son plan a marché.

— Mais quel plan ? insiste en vain Martin.

CHAPITRE 4

La classe 302

À l'école, c'est la rentrée. Le sujet de l'heure n'est pas de savoir qui a la malchance d'avoir Monsieur Lanverdière *le sorcier* (c'est son surnom) comme professeur. Tout le monde cherche plutôt à découvrir qui est ce héros obscur dont on parle partout.

Avant que Madame Sansregrets, la directrice, ne lance son traditionnel discours de bienvenue dans la cour d'école, Nick entraîne Martin à l'écart.

— Martin, n'en parle à personne. C'est notre secret d'accord?

— Pourquoi Nick? Et c'était quoi cette fumée? La maison n'a pas brûlé au moins? À qui est-elle la maison? Et les papiers de l'école?

— Chut! Viens Martin!

Nick cache les papiers scolaires que Martin sort de sa poche puis l'entraîne loin de la foule d'enfants qui crient. Derrière le panier de basketball, Nick, après s'être assuré que personne ne les voit, s'engouffre derrière des planches de bois qui servent à faire les bandes de la patinoire l'hiver dans la cour de l'école. Se frayant un passage à travers la clôture, Martin a toutes les peines du monde à suivre son ami qui contourne une haie, s'infiltre entre un cabanon et une haute palissade de bois avant de slalomer à travers une montagne de vieux barils vides qui trônent là, dans l'arrière-cour d'un garage fermé et abandonné. Martin, un peu craintif et nerveux, réussit enfin à rattraper Nick!

Au milieu de l'amas de barils, Nick fait basculer deux planches de bois, et pénètre à l'intérieur d'une sorte de grotte créée par l'enchevêtrement de tous ces vieux tonneaux délabrés. Martin le suit. Nick lui sourit, puis replace les planches et allume une lumière branchée à des batteries de voiture.

Ce que Martin voit le renverse ; à l'intérieur, Nick a aménagé un véritable petit appartement. À droite il y a une bibliothèque, à gauche un minuscule réfrigérateur et au centre de la pièce une table. Tout autour, des affiches, des dessins et même des rideaux qui cachent une fausse fenêtre pour donner l'impression qu'on est vraiment dans un petit chalet.

Martin n'en revient pas ; Nick a réussi à se construire tout un monde au milieu d'un tas de vieilleries.

— Nick... qu'est-ce que c'est ?

— Martin, j'ai confiance en toi... maintenant, tout ça c'est à toi aussi ! Mais tu n'en parles à personne ! Viens !

Nick l'entraîne alors dans un petit passage qui les mène vers une autre petite grotte. Les barils sont enchevêtrés et reliés de telle façon que les petites pièces habitables sont à l'épreuve de la pluie ou de la présence des chats ou des chiens. Nick a fait un travail de construction extraordinaire.

— Martin, c'est ta pièce. Tu en fais ce que tu veux... décore-la, affiche des photos si ça te tente, mais, ça doit rester secret... on reviendra ce soir après l'école... quand les autobus seront partis... Peux-tu?

Martin n'ose pas dire à son nouvel ami que sa mère s'inquiètera s'il ne rentre pas directement chez lui après l'école, mais il est trop impressionné par Nick pour refuser une telle invitation.

— Martin, regarde!

Nick s'est glissé dans un autre tunnel qu'il s'est patiemment construit depuis deux ans sans que personne ne s'en rende compte. Ce tunnel mène à une toute petite fenêtre teintée qui permet de voir tout ce qui se passe dans la cour d'école sans être vu.

— Nick, comment as-tu fait ça? Personne ne t'a vu construire cette petite cabane? Peut-être que tout ça va être démoli et que tu vas tout perdre.

— Chut, l'arrête Nick, ne parle pas trop fort, il y a des élèves qui jouent juste à côté... tu es le premier auquel je montre ça... comme pour ma main!

— Justement, ta main, qu'est-ce qu'elle a?

— Vite, l'interrompt Nick, la directrice monte sur la petite butte de sable... elle va annoncer le regroupement des classes... viens!

Nick s'étouffe tout à coup et sa quinte de toux ne semble jamais vouloir s'arrêter.

— Nick, ça va ? dit Martin en parlant très bas !

— Oui... regarde pour voir s'il n'y a personne qui m'a entendu... répond Nick en toussant de plus belle.

— Non Nick, tout le monde s'approche de la directrice ! Attends, il y a une petite fille qui reste près de la clôture !

Nick s'approche de la fenêtre et observe la retardataire.

— C'est Béatrice... elle se tient toujours là, complètement seule... L'année passée, elle regardait souvent par ici. C'est une Américaine, elle a encore un accent très fort quand elle parle français, même si ça fait deux ans qu'elle vient à l'école ici.

— Est-ce qu'elle sait que tu as un repaire ?

— Je ne pense pas, mais au début de l'été, elle venait toujours rôder dans le coin. Heureusement, elle est retournée aux États-Unis cet été je pense, alors elle a cessé de m'épier. Cette année je n'ai pris aucune chance, elle va être dans notre classe !

— Qu'est-ce que tu veux dire ? se demande Martin

— Je vais pouvoir l'observer ! dit Nick en se remettant à tousser sans pouvoir s'arrêter.

— Ça va ? s'inquiète Martin.

— C'est la fumée de ce matin... Elle m'est entrée dans les poumons !

— Qu'est-ce que tu fabriques là-bas, des bombes ?

— C'est plus puissant que ça, bien plus puissant qu'une bombe, plus puissant que la plus puissante des bombes atomiques ! Viens vite... sinon on va nous chercher.

Nick entraîne Martin hors de son repaire en prenant bien soin de ne pas se faire remarquer. Heureusement, les tonneaux abandonnés sont cachés par une immense clôture. De la cour d'école, on ne voit rien. Si, d'aventure, un enfant se dirige vers les bandes de la patinoire, et même si quelqu'un réussit à traverser la première clôture, il y a tant d'obstacles avant de se rendre jusqu'au tas de barils que les probabilités que quelqu'un trouve cette cachette sont presque nulles.

Nick y a fabriqué une ouverture très bien dissimulée... et ainsi, il est le seul à pouvoir accéder à ce monde ; le seul avec Martin maintenant ! En refermant la dernière ouverture menant à son repaire, Nick se retourne vers son ami :

— Surtout Martin, pas un mot de tout ça hein ?

Pendant que dans la cour d'école Madame Sansregrets commence son petit discours de bienvenue, Martin se demande s'il est train de s'embarquer dans un groupe de terroristes. Il a peur, mais en même temps, sans trop savoir pourquoi, il a confiance en Nick. La journée sera longue avant de retourner à cette cachette, mais Martin en est convaincu, il gardera le secret.

— Bonjour tout le monde, commence Madame Sansregrets... Ah ! Oui, avant de vous présenter vos professeurs, j'aimerais que cette année soit influencée par le geste qu'a posé ce jeune inconnu hier lors du feu qui a détruit l'épicerie Marsan. J'espère d'ailleurs qu'il est parmi nous ce brave garçon et je l'invite à venir recevoir nos applaudissements sincères ici à mes côtés, devant toute l'école.

Martin regarde Nick qui ne bronche pas. Il est tenté de dire tout haut qu'il connaît le héros, qu'il a tout vu de son action, mais c'est son premier jour dans cette école et il n'ose pas défier le silence de Nick.

— Peut-être est-il trop timide, continue la directrice pendant que tous les enfants regardent autour d'eux à la recherche d'une tête de héros. Bravo pour sa modestie. Si quelqu'un a été témoin de son exploit et qu'il le reconnaît, ça nous ferait tellement plaisir d'avoir un héros à l'école.

Martin s'avance d'un tout petit pas, mais Nick lui saisit le bras de sa main froide et Martin comprend sans même regarder Nick qu'il ne veut pas qu'on parle de lui.

— Bon... ce héros obscur est peut-être votre ami, n'oubliez jamais ça quand vous regardez vos petits camarades. On va sûrement le retrouver d'ici quelques jours. Maintenant, voici vos professeurs ! annonce Madame la directrice en invitant les élèves à applaudir.

— J'espère qu'on va être dans la même classe, chuchote Martin à l'oreille de Nick.

— Ça c'est certain dit Nick, un peu mystérieux.

— Quoi ?

Pendant que la directrice déclame de longues listes d'élèves, les invitant à se regrouper devant leur professeur, Martin se demande comment son nouvel ami peut être si sûr de lui ! Mais, au fil de leur amitié, il apprendra tant et tant de choses sur Nick que bientôt plus rien ne l'étonnera !

— Sonia Vastel et, finalement, Karl Werbinski ! Voilà la liste des élèves de la classe du groupe 301 de Madame Laporte, vous pouvez aller dans votre local ! Bonne année.

Depuis quinze minutes maintenant, la directrice regroupe les élèves des classes de maternelles, de première, de deuxième année et d'une classe de troisième année, et tout va comme sur des roulettes. Tout à coup, quelque chose d'étrange se produit ; Madame Sansregrets, soudainement très silencieuse, se racle un peu la gorge, tourne une feuille, fait une moue inter-rogative, revient à la page précédente, puis à la suivante. Elle semble avoir décelé quelque chose d'anormal sur sa liste. Et le silence est de plus en plus pesant.

Nick s'étire un peu le cou et, par hasard, voit, sur le sac d'école de son voisin, écrit en grosses lettres, son nom ; Martin Allart. Aussitôt, il sort la feuille récupérée par Martin dans le bac à recyclage et la scrute attentivement.

— Euh ! dit tout bas Nick à Martin, presque paniqué, Allart ça prend un "t" à la fin ? Oh ! Oh !

Pour la première fois depuis qu'il le connaît, Martin perçoit une certaine inquiétude chez son ami. Nick a les yeux rivés sur la directrice qui continue d'observer sa liste avec attention. Après cette petite nervosité, Madame la directrice retrouve un semblant de sourire en même temps que Nick retrouve son assurance habituelle.

— Voici maintenant la liste des élèves de la classe de Monsieur Lanverdière. La classe 302.

À l'école Saint-Maxime, il y a quatre classes de troisième année. Les élèves de maternelle, de première année, de deuxième année et de troisième année (le groupe 301) ont déjà été regroupées, et sont entrés dans l'école. Dans la cour, en attente d'être nommés, restent environ trois cent cinquante élèves dont près de quatre-vingt dix de troisième année qui, tous, se mettent à chuchoter et à bouger en même temps. L'énervement se répand comme une traînée de poudre jusqu'à un petit groupe de quatrième, cinquième et sixième années. Martin, tout près de ce groupe, perçoit quelques mots qui flottent dans l'air :

— Lanverdière, sorcier sorcière.

— Je l'ai eu l'an dernier.

— Un fou.

— Pas chanceux les troisièmes qui vont l'avoir.

— Débile mental.

Madame Sansregrets, habituée à l'effet que fait, année après année, l'arrivée de Monsieur Lanverdière, hausse la voix.

— Chut chut chut ! Silence s'il vous plaît ! Jusqu'ici tout va bien et je voudrais que ça continue... silence j'ai dit, je ne veux plus un mot !

Nick profite tout de même de la mini cohue qui persiste une bonne vingtaine de secondes pour glisser à l'oreille de Martin :

— Tu vas être content. Il est fou, mais c'est aussi un génie dans son genre... tous les deux on va l'aider On va passer une belle année !

— Silence j'ai dit !

Madame Sansregrets sort un sifflet. Elle s'en sert deux ou trois fois puis, commence à faire une petite crise d'hystérie qui déclenche davantage les rires que les silences.

Soudain, Monsieur Lanverdière grimpe sur le monticule de terre et s'empare lentement du micro, puis, présentant son dos à tout le monde, il dit :

— Tom nu sulp. Tom nu sulp. Suov à erag nonis.

Il vient de prononcer ces paroles avec une douceur incroyable, pourtant ces mots font trembler tous les enfants de l'école et leur impose le silence le plus complet.

Martin, en entendant Nick redire tout bas les mots de Monsieur Lanverdière, se demande s'il ne ferait pas mieux de courir jusqu'à chez lui et d'implorer sa mère de déménager à nouveau pour l'éloigner de cette école pour le moins étrange.

Mais Martin a tellement le goût d'en savoir plus sur Nick qu'il ne bouge pas. Après tout, son ami n'est pas un monstre, mais bien un héros. Pourquoi diable Nick ne dit-il pas à tout le monde que c'est lui qui a sauvé la dame la veille, se demande Martin ?

— Voici la liste de mes élèves pour cette année, reprend Monsieur Lanverdière.

Le silence dans la cour d'école devint soudain très lourd !

— Aldroft, Béatrice !

Béatrice Aldroft, la petite fille qui rôdait tout à l'heure près de la fenêtre invisible avance lentement vers le monticule, la tête basse, comme si son arrêt de mort venait d'être prononcé. Décidément, personne ne semble aimer Monsieur Lanverdière.

— Allard, Martin...

La directrice s'avance au micro en poussant un peu Monsieur Lanverdière qui se retourne enfin face aux élèves.

— Martin est un nouvel élève, dit Madame Sansregrets... je vous demande de l'applaudir... c'est un champion sportif à ce qu'on m'a dit !

Martin s'avance, un peu gêné de toute cette attention. La directrice lui sourit et lui dit :

— Tu écris ton nom avec un *t* ou un *d* ?

— Un *t* !

— Désolée une petite erreur s'est glissée !

Elle corrige sa feuille. Martin lui sourit, puis tourne les yeux vers Monsieur Lanverdière qui lui lance des éclairs. Il comprend alors instantanément pourquoi on en a peur comme de la peste. Premièrement, comme il n'a probablement jamais souri de sa vie, de petites crevasses plissent son front. Ses lèvres esquissent un sourire mais à l'envers comme s'il eut fallu marcher la tête en bas pour saisir de la joie dans ce visage dur et froid.

Tout son corps semble raide et ses gestes sont brusques. Petit, il se tient droit comme un général, sûr que la planète lui appartient.

Après avoir nommé Nick et tous les élèves de la liste de sa classe, l'euphorie s'empare des élèves de troisième année qui ont évité une année de misère en échappant à cette classe maudite.

— Les élèves de la classe 302, dit soudain Monsieur Lanverdière, Iom Zevius !

— Il a dit suivez-moi, chuchote à tout le monde Nick qui a déjà décrypté sa curieuse langue.

Tous partent alors comme pour l'enfer, et tous les élèves de l'école les regardent comme s'ils les voyaient pour la dernière fois de l'année.

Il faut dire que Monsieur Lanverdière avait su, au fil des ans, comment se faire détester de ses élèves. Il faisait tout à l'envers. Depuis que la mode était aux sorties et aux activités parascolaires, il enfermait ses élèves dans sa classe. Il paraît qu'il les obligeait parfois à écouter ses cours la tête en bas... certains de sixième année disent même qu'il écrit parfois les mots au tableau dans un charabia incompréhensible. C'est l'enfer de vivre dans sa classe, disait-on partout !

— Bonjour... aujourd'hui... pour apprendre à vous connaître... je ne veux pas un mot dans la classe... je ne parlerai pas non plus... je compte jusqu'à trois et je ne veux plus rien entendre... Un..., deux..., trois..., lance Monsieur Lanverdière après s'être assuré que tous étaient bien assis.

Toute la journée, Monsieur Lanverdière se promène entre les bureaux, s'arrête devant chaque élève, tourne sa tête sur le côté et note de curieux gribouillis sur un bout de papier. De sa bouche, sans faire le moindre mouvement, il laisse fuser de petits airs aigus, comme une chansonnette venue de l'au-delà.

Ses yeux, l'un vert et l'autre bleu, brillent l'un après l'autre d'un éclair si perçant que l'on n'ose jamais le regarder bien en face. Il fait vraiment peur à voir.

À la récréation, à midi et le soir, Martin remarque plusieurs élèves qui pleurent. Nick, lui, semble joyeux, comme toujours. De la journée, Monsieur Lanverdière ne leur dit finalement qu'une seule autre phrase :

— Voilà, l'école est finie pour aujourd'hui. Maintenant je vous connais mieux. Demain, je veux que tout le monde soit habillé de vert, et je ne veux plus voir un sourire sur vos lèvres, c'est compris ?

Les élèves sortent de la classe complètement éberlués... il a réussi à donner le ton à l'année scolaire qu'ils vont vivre. Dans la classe 302, les jours seront toujours extravagants et loufoques. Seule certitude, c'est lui qui mène dans la classe ; il n'y a rien d'autre à faire que d'obéir à ses ordres incompréhensibles.

Comme prévu, à la sortie de l'école, Nick et Martin se retrouvent dans leur cachette secrète.

— Nick, c'est quoi cette école de fous ? pleure presque Martin.

— Je travaille là-dessus Martin ne t'en fais pas... et j'aimerais ça que tu m'aides.

— T'aider à quoi ?

Par terre, dans le petit repaire, Martin marche soudainement sur un paquet de feuilles, c'est la liste de toutes les classes et de tous les élèves.

— Mais... mais dit Martin, comment as-tu fait pour avoir ça ?

Nick sourit ! Martin, en tournant les pages se rend vite compte que lui et Nick n'étaient pas supposés être dans la classe de Monsieur Lanverdière ! ! !

— Quoi ? Quoi ? Nick, c'est toi qui a changé les listes ? Tu t'es arrangé pour qu'on soit dans la même classe ?

— Et pour qu'on soit dans la classe de ce fou comme tu dis. J'avoue que j'ai eu vraiment peur que la directrice découvre le pot aux roses. J'ai fait une faute dans ton nom de famille ; j'ai écris Allard avec un *d* au lieu de

Allart avec un *t*, je ne savais pas que cela s'écrivait comme ça... et comme elle ne fait jamais de faute...

— Nick, dit Martin en reculant et en se cognant sur les barils, excuse-moi, je n'embarque pas dans tes histoires, je vais le dire à ma mère, tu n'as pas le droit de faire ça ! Tu as volé des listes et tu les as changées ?

— Martin, tu as vu comment il traite les élèves ce Monsieur Lanverdière ? Ça fait des années qu'il fait ça... au bout d'un mois à force de se faire traiter à l'envers, tout le monde se met à genoux devant lui ! Tu as vu la petite Aldroft et Guenièvre Tremblay ? Elles vont pleurer comme ça toute l'année si on ne fait rien !

— Si on ne fait rien ? Qu'est-ce que tu veux dire ? Qu'est-ce que tu veux qu'on fasse ?

Nick prend cela comme un accord. En lui tendant la main, il lui dit :

— Ah ! Je le savais que je pouvais compter sur toi !

— Non, non, non, du calme, du calme... je n'ai pas dit oui, je n'ai pas dit oui !

— Mais tu n'as pas dit non, vrai ?

— Vrai... euh... je ne sais pas !

— Martin, la première fois que je t'ai vu, j'ai tout de suite su que tu étais le gars qui allait tout faire avec moi... ça fait des années que je cherche un ami comme toi ! Quand je t'ai serré la main, tu as tout de suite senti quelque chose à propos de ma main froide hein ? Et bien c'est un signe ça... les autres ne le sentent pas aussi fort que toi !

— C'est étrange que je n'arrive pas à te dire non !

— Viens on retourne chez ma tante !

— Ta tante ? Quelle tante ?

Sans répondre Nick s'en va. Martin le suit jusqu'à la maison où il l'a sauvé ce matin-là. Ils entrent par l'arrière et descendent tout de suite au sous-sol ! Dans la maison flotte une intense odeur de pomme.

— Nick, attends, attends-moi, il faut que j'appelle ma mère... mais qu'est-ce que c'est que ça ?

Au sous-sol, Martin, n'en croit pas ses yeux... ce matin il n'avait rien vu de tout cela tellement la fumée était épaisse. Partout, sur tous les murs, on peut voir, accrochés ici et là, ou suspendus à de petites étagères en fer, des fioles, des tubes, de petits liquides verts, des bleus, des jaunes... et d'autres d'innombrables couleurs. On est dans un immense laboratoire de chimie et tout est impeccablement rangé ou installé. Il y a des tables, des armoires, des contenants de plastique, des thermomètres, des lavabos, des réfrigérateurs. Au milieu de la pièce, sur une petite table, tout est en désordre

et noirci comme s'il y avait eu une explosion. En se rendant près de la table, l'odeur de jus de pommes disparaît pour laisser place à une odeur de caramel brûlé.

— Tu fabriques des bombes hein? C'est ça? dit Martin très nerveux. Tu veux faire exploser la maison de Monsieur Lanverdière? C'est ça? Tu es fou Nick! Fou! Tu es un mutant, un monstre ou quoi?

Pris de panique à l'idée que ce Nick pourrait même être un extra-terrestre, Martin se précipite vers l'escalier où il trébuche. Sentant la main froide de Nick se poser sur son épaule, Martin le repousse violemment et se sauve en vitesse. Dehors, sans regarder derrière, il court comme un fou. Son coeur bat si fort qu'il l'entend résonner jusqu'à dans sa tête... et ça l'empêche de penser et de rassembler ses idées.

Heureusement, il est en forme et il court comme personne. Mais ce Nick, ce bandit, ce voyou, ce voleur, ce monstre, ce Frankenstein, qui peut lui faire confiance ? Soudain Martin craint le pire ; et si Nick trouve un raccourci et réussit à le piéger et à l'enfermer dans ce sous-sol de brigands ? Martin court de plus en plus vite, épiant à gauche et à droite, redoutant toujours l'apparition de Nick de derrière un arbre ou au prochain coin de rue.

Sans apercevoir l'ombre de Nick, il se rend pourtant jusqu'à chez lui, sain et sauf. Encore sous l'emprise de la panique, il ferme toutes les portes à clef et s'enferme rapidement dans sa chambre pour ne pas trop éveiller les soupçons de sa mère.

— Avant de dire quoi que ce soit à qui que ce soit, pense Martin, il faut que je réfléchisse... il le faut !

Chapitre 5

Les larmes du sorcier

Le lendemain, prétextant un violent mal de ventre, il ne va pas à l'école et refuse de répondre au téléphone. Toute la journée, Martin tente de voir clair dans son esprit! Doit-il parler à sa mère de ses craintes quant aux activités de Nick? Et d'ailleurs, de quelles activités s'agit-il? Fabrique-t-il vraiment des bombes? Pourtant, l'autre jour, il a sauvé une vieille dame de la mort! Comment peut-on être à la fois terroriste et sauveur? Martin décide donc qu'il attendra d'en savoir un peu plus avant de dénoncer Nick!

Toutefois, pendant le reste de la semaine, Martin ne parle plus à Nick. Il s'arrange le matin pour partir le plus tard possible afin d'entrer directement dans sa classe; et ainsi l'éviter.

Et comme Monsieur Lanverdière est aussi étrange et déplaisant que le premier jour, il n'a pas besoin de prononcer une seule parole de la semaine. Dans la cour de récréation, il se lie d'amitié avec les joueurs de football et devient rapidement le centre d'attraction d'un petit groupe tellement son habileté avec le ballon est remarquable.

De son coté, Nick est très discret. Il ne tente pas de parler à Martin et, comme d'habitude, le midi, lors des récréations et le soir, après la classe, il disparaît dans sa cachette secrète.

Le jeudi midi, Martin déjoue tous les joueurs sur le terrain et compte de la tête un superbe but qui fait gagner son équipe juste avant le son de la cloche. Ses nouveaux amis le portent en triomphe sur leurs épaules jusqu'à l'entrée principale. Martin, sans vraiment s'en rendre compte, jette un coup d'oeil vers la clôture qui cache l'entrée dissimulée. Aussitôt, il aperçoit la petite Béatrice Aldroft qui sort très maladroitement de derrière les bandes de la patinoire, risquant de se faire suivre et de tout dévoiler. Martin, pour que personne ne découvre le secret de Nick, s'élance sur le terrain de jeu et mime d'une façon clownesque son but de tout à l'heure, attirant ainsi tous les regards vers lui.

Béatrice Aldroft s'éloigne alors du passage secret, sans que personne ne la remarque.

— Nick s'est trouvé une nouvelle associée, pense Martin, et c'est peut-être mieux ainsi.

Le vendredi, un évènement un peu tragique bouleverse toute la classe 302 et pour longtemps. Monsieur Lanverdière accueille ses élèves comme à son habitude, c'est-à-dire, sans regarder personne dans les yeux et en affichant un air de bouledogue. Justement, ce matin-là, il se fâche quand la petite Béatrice Aldroft, toujours aussi timide, s'accroche les pieds dans la corbeille qui roule jusqu'à lui dans un bruit d'enfer.

— Silence, jappe-t-il deux ou trois fois en grimpant sur sa chaise.

Mais la poubelle de métal continue de rouler. Monsieur Lanverdière n'en revient toujours pas qu'on ose ne pas lui obéir dans sa classe.

— Silence, hurle-t-il cette fois comme un loup.

À tel point que les lumières de la classe clignotent plusieurs fois. Tout le monde se fige. On peut lire dans les yeux des élèves, la crainte de voir leur professeur se transformer en loup-garou pour les dévorer tous.

Enfin, la poubelle s'immobilise et chacun retient son souffle.

— Etiv te alec zessamar, ecirtaéB ellesio-
medaM ! Etiv te ! Etiv te !

Nick grimpe sur son bureau, crie un tout
petit peu et dit :

— Béatrice, Béatrice il te dit de ramasser
cela, tu es sourde ou quoi ?

Tous les élèves de la classe font des « oh » et
des « ah » devant l'audace de Nick ! Monsieur
Lanverdière, pourtant, ne regarde même pas
Nick, descend de son bureau et dit le plus
calmement du monde :

— Chacun à son pupitre. Je vous donne
dix secondes, cahier de mathématiques ouvert
à la page onze. Dix secondes, neuf, huit,
mademoiselle Aldroft, au tableau, et vous
rédigez une composition de cinquante mots.
Silence dans sept secondes, six, cinq… dans
cette composition, l'on doit absolument retrouver les mots : SILENCE-PAIX-CALME-
TRANQUILLITÉ-RESPECT-AUTORITÉ,
quatre secondes, trois, allez dépêchez-vous !
Ainsi que le mot TRAVAIL au moins quatre
fois… deux secondes, une, zéro.

Quand il s'assied enfin, chacun s'attend à
passer une autre de ces interminables journées
silencieuses. Mais Nick, toujours l'esprit aussi
allumé, change le cours habituel des choses.

— Monsieur…

Nick, à la grande surprise de tous, se lève
et parle sans aucune crainte de se faire disputer.

— Oui ? répond Monsieur Lanverdière, rouge de colère.

— Dans mon cahier, j'écris toujours le nom de mon professeur... vous êtes Monsieur Lanverdière c'est bien ça ? Et quel est votre prénom ?

Même les mouches n'osent plus voler quand Monsieur Lanverdière se dresse devant son bureau et s'approche de Nick en martelant le sol avec violence de ses lourds talons noirs. Il va probablement lui tirer l'oreille ou lui donner une retenue ou l'envoyer chez la directrice ou le suspendre la tête en bas ou...

Nick, sans être arrogant, ne recule pas d'un centimètre et le fixe droit dans les yeux, ce que personne n'a jamais osé faire, de mémoire d'enfant. Monsieur Lanverdière, habitué de toujours terroriser les élèves, colle son visage contre celui de Nick et tente de lui faire baisser les yeux.

Toute la classe regarde le spectacle en pensant à l'horreur qui va bientôt se passer. Il y a tellement de rumeurs concernant les punitions imposées par Monsieur Lanverdière quand il y a un écart de conduite dans sa classe, que tout le monde le croit plus ou moins fou. Pourtant, jamais il n'a frappé quelqu'un et jamais les élèves de sa classe ne se sont révoltés. À croire qu'il est un peu sorcier et qu'il utilise son étrange langue pour soumettre une trentaine de jeunes de neuf ans qui, pourtant, partout ailleurs, ne se laissent pas marcher sur les pieds.

Il paraît qu'il y a deux ans, lorsqu'un élève ne rendit pas son devoir de français, il fit disparaître toutes les compositions des vingt-neuf autres en récitant une mystérieuse formule magique. Dans la cour d'école, certains élèves de cinquième année jurent, mais à voix basse, car ils ont peur de lui, qu'ils venaient de composer une histoire extraordinaire et que, tout à coup, PSCHITT, leur cahier a disparu!!! Et ils ne les ont jamais revus! Affolant!

Il y a trois ans, une petite fille a décidé, sans en parler au professeur, d'amener son petit chat noir en classe. Le petit chat, en entrant dans la classe, s'est échappé des bras de sa propriétaire pour se jucher sur l'épaule de Monsieur Lanverdière. Il paraît qu'à partir de ce moment-là, le chat changea complètement de personnalité; il devint étrange et agressif. Le jour suivant il se sauva même de chez lui après avoir griffé toutes les personnes de la maison et du voisinage. Où est-il allé? Beaucoup s'en doutent mais peu osent s'approcher de la maison de ce sorcier pour vérifier leurs craintes.

Alors, les centaines de rumeurs qui circulent sur lui rendent la situation présente de Nick très dangereuse. Martin pense tout à coup se lever et se placer entre Nick et ce démon tellement il craint la soudaine insolence de son voisin. Pourtant la réponse de Monsieur Lanverdière les surprend tous quand Nick pose sa main froide sur son épaule :

— Je... je... je... vous avez raison... je... je... je n'ai pas parlé de moi... je m'appelle Albert, Monsieur Albert Lanverdière, j'ai trente-sept ans, je n'ai jamais été marié, je n'ai pas d'enfants et, comme vous le savez sans doute, j'enseigne en classe 302 depuis quinze ans et, je sais très bien que vous pensez tous que je suis un sorcier, un vrai sorcier. Et bien la vérité, c'est que ma mère était une sorcière, une vraie de vraie... mais le malheur c'est que moi je n'ai jamais réussi à vraiment suivre ses traces. Je n'ai pas les pouvoirs d'un sorcier ou si peu, j'ai seulement leur laideur repoussante et la crainte que je transmets à tous les enfants et... et puis... et....

En parlant, Monsieur Lanverdière se met à pleurer et pleurer et, tout doucement, il devient presque beau et attendrissant. Tous les élèves de la classe éprouvent même un peu de sympathie pour cet homme pas si méchant, semble-t-il à présent.

Plusieurs élèves s'approchent d'Albert Lanverdière et osent même le toucher pour le réconforter un peu. Dans le brouhaha qui s'ensuit, Monsieur Lanverdière sourit à tous puis, pressé de toutes parts, il recule un peu, faisant glisser la main froide de Nick hors du contact de son épaule.

En un éclair, Monsieur Lanverdière perd toute sa beauté et redevient rouge de colère. Ses yeux, si doux tout à l'heure, lancent maintenant du feu. Émilie et Robert tombent par terre de crainte de se faire brûler vifs par leur professeur.

— Tous à votre place j'ai dit ! Qu'est-ce que c'est que ce cirque. M. Nick, c'est vous qui avez fait ça ?

— Mais non c'est vous quand vous avez pleuré, on s'est avancé vers vous et... ! répond Nick en s'approchant de lui et en tentant de remettre sa main froide sur l'épaule de Monsieur Lanverdière.

Il recule, sentant bien que ce jeune homme est un danger pour lui.

— Ecalp as à ednom el tuot !

— Tout le monde à sa place ! traduit rapidement Nick !

Les élèves, qui ne comprennent pas trop ce qui vient d'arriver, lui obéissent en une fraction de seconde.

— Et vous Mademoiselle Aldroft, continuez votre composition.

En se retournant vers Béatrice Aldroft, il s'arrête net de parler. La petite Béatrice a rempli le tableau. Sa composition, presque parfaite, contient tous les mots exigés et même dix fois plutôt qu'une.

— Et vous Mademoiselle Aldroft... je ... je

Nick se met à l'applaudir et Martin se joint à lui, mais personne d'autre dans la classe n'ose défier le regard noir de Monsieur Lanverdière.

— Nick, Martin et vous Béatrice Aldroft, chez la directrice, je ne veux plus vous voir de la journée.

La directrice tente bien de les comprendre un peu et Martin sent bien que Madame Sansregrets a de la compassion pour tous ceux qui sont dans la classe 302, mais elle doit jouer son rôle. Toute la journée, en silence, Martin,

Béatrice et Nick font le ménage dans la grande salle de rangement du gymnase.

En lavant et essuyant les trente-quatre ballons de l'école, Martin comprend qu'il a désormais deux passions dans la vie, le sport et l'amitié extraordinaire de Nick la main froide. Le lendemain, dans un des repaires secrets de Nick, ils planifient un rendez-vous pour mettre en marche un plan qui leur permettra de venir à bout des folies de Monsieur Albert Lanverdière. Nick a plus d'un tour dans son sac et, désormais, il peut compter sur la fidèle complicité de Béatrice Aldroft et Martin Allart.

Rendez-vous au prochain épisode de Nick la main froide : *Miracles à Saint-Maxime* !

TABLE DES MATIÈRES

CONCOURS

« ÉCRIS TON PERSONNAGE »

Crée ton propre personnage qui pourrait
se retrouver dans l'épisode 13 de
Nick la main froide.

Détails du concours
www.nicklamainfroide.com